AF364031

28 Janvier 1892

VENTE DU JEUDI 28 JANVIER 1892

HOTEL DROUOT, SALLE N° 8

à trois heures

TABLEAUX

MODERNES

Aquarelles et Dessins

EXPOSITION PUBLIQUE

LE MERCREDI 27 JANVIER 1892

De 1 heure à 5 heures 1/2

COMMISSAIRE-PRISEUR	EXPERT
Me PAUL CHEVALLIER	**M. EUG. FÉRAL, peintre**
10, rue de la Grange-Batelière, 10	54, Faubourg-Montmartre, 54

IMPRIMERIE DE L'ART

CATALOGUE

DE

TABLEAUX-MODERNES

PARMI LESQUELS

Une Chasse au lion

PAR

EUGÈNE FROMENTIN

ET AUTRES ŒUVRES DE

Bellangé, Boldini, Boudin, Chaigneau, Courbet, Diaz, Dupray
Guillaumet, Jongkind, Laissement, Lansyer, Verschur, Worms, etc.

AQUARELLES ET DESSINS

DONT LA VENTE AURA LIEU

HOTEL DROUOT, SALLE N° 8

Le Jeudi 28 Janvier 1892

A TROIS HEURES

COMMISSAIRE-PRISEUR	EXPERT
Mᵉ PAUL CHEVALLIER	**M. EUG. FÉRAL**, peintre
10, rue de la Grange-Batelière, 10	54, Faubourg-Montmartre, 54

Chez lesquels se trouve le présent Catalogue

EXPOSITION PUBLIQUE

Le Mercredi 27 Janvier 1892, de 1 heure à 5 heures 1/2

CONDITIONS DE LA VENTE

Elle sera faite au comptant.

Les acquéreurs payeront CINQ POUR CENT en plus des prix d'adjudication.

Paris. — Imp. de l'Art. E. Ménard et Cie, 41 rue de la Victoire.

DÉSIGNATION

TABLEAUX MODERNES

BAYARD

1 — *Pierrot et Scapin rentrant au logis.*

BELLANGÉ
(H.)

2 — *Les Garde-côtes.*

BERCHÉRE
(TH.)

3 — *La Route de Schoubra, au Caire.*

BOLDINI

4 — *Chasseur en vedette.*

BOUDIN

5 — *Port de mer et régates.*

BUTIN

(ULYSSE)

6 — *Plage et falaises.*

Esquisse.

CARRIER-BELLEUSE

(L.)

7 — *Chez la modiste.*

CHAIGNEAU

(F.)

8 — *Troupeau à l'abreuvoir.*

CHAIGNEAU

(F.)

9 — *Retour du troupeau avant l'orage.*

COURBET

(G.)

10 — *La Plage d'Étretat.*

Deux bateaux de pêche sont tirés sur le sable.

Les falaises occupent le second plan se détachant sur un ciel vaporeux.

COURBET

. (G.)

11 — *Rochers et cascades dans le Doubs.*

COURBET

(G.)

12 — *L'Homme à la pipe.*

DEJONGHE

(G.)

13 — *Le Déjeuner de la poupée.*

DELPY

(H. C.)

14 — *Les Bords de l'Oise.*

DENEUX

(GABRIEL)

15 — *Manoir de Poncoennec (Côtes-du-Nord).*

DIAZ

(Attribué à).

16 — *Sous bois; forêt de Fontainebleau.*

Signé et daté 1871.

DUEZ

17 — *Les Moulières de Villerville.*

DUPRAY
(H.)

18 — *Les Guides du Premier Consul.*

DUPRAY
(H.)

19 — *Chasseurs à cheval du Premier Empire.*

DUPRAY
(H.)

20 — *Corps d'état-major en 1837. Monarchie de Juillet.*

FRÈRE
(ÉDOUARD)

21 — *Chalet de Loueche-les-Bains.*

FRÈRE
(ED.)

22 — *Effet de neige.*

FROMENTIN
(EUGÈNE)

23 — *Chasse au lion.*

> Des Arabes, montés sur leurs chevaux, attaquent l'animal au pied de rochers escarpés ; l'un des chasseurs est renversé sur le sol, le lion bondit vers eux.
>
> Au second plan, un cavalier vise une lionne sortant de sa grotte.
>
> Œuvre importante, d'une remarquable fermeté d'exécution, provenant de la vente après décès de Fromentin.

GUILLAUMET
(G.)

24 — *Soleil couchant dans les ravins d'Isly ; Algérie.*

GUILLEMET

25 — *Par un temps d'orage.*

JONGKIND

26 — *Village en Bretagne.*

> Signé et daté 1863.

LAISSEMENT

27 — *La Bonne Prise.*

LANSYER

28 — *Environs de Ploermel; soleil levant.*

LÉVY
(S.)

29 — *Tête de jeune fille.*

Étude.

MARTIN
(HUGUES)

30 — *Villa et monuments antiques.*

MURATON
(Mᵐᵉ EUPH.)

31 — *Des pêches.*

OUVRIÉ
(JUSTIN)

32 — *Noce de village.*

ROZIER

33 — *Poissons sur une table de cuisine.*

SCHOPIN

34 — *Paysan russe au repos.*

TASSAERT
(OCT.)

35 — *La Cuisine de l'artiste.*

TROYON

36 — *Rochers dans la forêt de Fontainebleau.*
Étude. Signée du monogramme.

VALLEZ
(E. M.)

37 — *Les Hauteurs de Montgeron.*

VERSCHUR
(W.)

38 — *La Rentrée du labour.*

WORMS
(J.)

39 — *La Toilette de la manola.*

AQUARELLES ET DESSINS

ANDRIEUX

40 — *Les Petits Maraudeurs.*

Aquarelle.

CHAPLIN
(CH.)

41 — *Études de femmes nues.*

Deux dessins à la sanguine, provenant de la vente de l'artiste.

FRÈRE
(TH.)

42 — *Les Bords du Nil au soleil couchant.*

Feuille d'éventail.

Aquarelle.

JONGKIND

(J. .B.)

43 — *Bords de la Seine, près de Rouen.*

Aquarelle datée 1864.

JONGKIND

(J. B.)

44 — *L'Écluse.*

Aquarelle datée 56.

ÉCOLE MODERNE

45 — *Vue de Châteaulin.*

Aquarelle.

ÉCOLE MODERNE

46 — *Amours tressant des couronnes.*

Pastel.